# 정적이 깨지다

푸른시인선 028
정적이 깨지다

초판 1쇄 발행 · 2024년 3월 20일
초판 2쇄 발행 · 2024년 12월 23일

지은이 · 박영욱
펴낸이 · 김화정
펴낸곳 · 푸른생각

편집 · 지순이 | 교정 · 김수란, 노현정
등록 · 1999년 7월 8일 제2-2876호
주소 · 서울시 중구 충무로 29, 아시아미디어타워 502호
대표전화 · 031) 955-9111(2) | 팩시밀리 · 031) 955-9114
이메일 · prun21c@hanmail.net
홈페이지 · http://www.prun21c.com



ISBN 979-11-92149-47-9 03810
값 14,000원

푸른
시인선
028

# 정적이 깨지다

박영욱 시집

prsg

# 自序

떠오르는 생각을 누군가에게 들려주고 싶어지면 시를 쓴다.

이를테면, 부풀어 오르는 구름을 볼 때 떠오른 생각이나

호르르 날아가 버린 곤줄박이에 대한 아쉬움이 남을 때 시를 쓴다.

이어진 폭염으로 온 세상이 늘어져 있을 때 무슨 영문인지

느닷없는 창작 욕구가 생겨 시를 쓰게 될 때도 있다.

뒤에 읽어보면 내가 쓴 글 같지 않다.

또, 영락없이 내가 쓴 글 같다.

생각이나 문체를 바꿔보기도 했지만, 변화의 흔적이 미미했다.

그래서 굳이 그러질 않을 셈이다.

들려줄 누군가가 결국 나였나 보다.

2024년 이른 봄

朴永旭

| 차례 |

■ 自序 5

제1부 정적이 깨지다

13 온기
14 전율(戰慄)
16 도라지
17 가을맞이
18 평화
20 차이
21 어떤 잠언(箴言)
22 물방개가 그립습니다
23 두 귀에 들려온다
24 숲
26 허전함은 남는다
28 고독
29 그리움
30 정적이 깨지다
32 오렌지 주스와 삼립빵
34 환각의 숲

## 제2부 그저 내 인생의 지나간 한때였지만

39 하루살이의 기도
40 봉원동 골목
42 가을
44 상수리나무 위에서
46 슬픈 여행
47 구름
48 익숙한 정
50 오매불망
52 오만
53 어치와 물까치
54 그저 내 인생의 지나간 한때였지만
56 침묵의 강
57 햇살
58 푸근한 고독
59 추억
60 활력을 찾다

## 제3부 살아가기놀이

65 슬픔
66 쇠비름 꽃
68 숲을 찾는다
70 해 질 녘
71 인지상정
72 햇빛의 자부심
73 은행나무
74 살아가기놀이
76 물비
78 그리움이 스미다
79 하늘 마을
80 밤바다
81 낯가림
82 바위와 사귀다
84 느티나무
85 거미

## 제4부 내 방에는 긴 의자가 있다


89 허허벌판
90 시간
91 허(虛)
92 산국(山菊)
94 예쁜 비, 예쁜 할머니
96 네 여인
99 사라짐과 지속됨
100 숲에는
101 바둑이 바위
102 내 방에는 긴 나무 의자가 있다
104 검은 나무
106 아련하다
108 한계
110 인연
111 슬픈 시냇물

■ 작품 해설 생각의 길 위에 서서 _ 전기철 113

제1부

# 정적이 깨지다

# 온기

동네 시장에 들렀다
여전히 추위가 깔려 있다
미리부터 춥더니
며칠 그러다 풀리겠지 했는데 오래간다

햇살은 투명하고 따사롭다
파란 겨울 하늘을 자꾸만 올려다보게 된다

—뜨끈합니다, 드셔보세요,
조심스럽게 말하는 누군가의 소리에 돌아보니
허연 김 솟는 찐빵 찜통 뒤로
얌전한 할머니가 빙그레 웃으며 나를 바라본다
웃음엔 온기가 가득하다
금세 내 몸과 마음이 사르르 녹는다

집으로 돌아오는 계단에 서서
멀리 시장 쪽을 바라보며 혼잣말로 속삭였다

—할머니, 조만간 또 들를게요.

## 전율(戰慄)

남도의 조용한 소도시 영암(靈岩)
영산강이 흘러내려
남해 바다에 합쳐지는 신령한 곳
여기, 뜨거운 저녁 태양이 있다

일몰 전의 태양이 이렇게 붉고 강렬할 수 있을까
잠깐의 경이(驚異)는
봉인된 내 육신을
사정없이 파헤쳐놓는다

저 불덩어리 아래
인간이 감추듯 간직하고 있는
비밀이나 계획은
얼마나 부질없고 간지러운 것인가

붉은 태양, 바로 그 밑
몸뚱이 하나
바위 위에 누워본다

전율(戰慄)에 온몸이 젖는다

흐르는 눈물이 그칠 줄 모른다.

# 도라지

며칠간 비를 뿌린 게 미안했는지
구월답지 않게 아침부터 주변이 반질거린다
덩달아 내 기분도 흥성해진다
이 들뜬 마음이 오래도록 이어지면 좋겠다

보도의 나무들도 서로를 바라보며 차분하게 서 있고
뜸했던 찌르레기들이 그 위에서 찍찍거리며 날아다닌다

공원 넓은 마당에는
뛰어다니며 신나게 놀고 있는 아이들 소리.
자주 들어도 금방 생각나게 하는 해맑은 소리다

느티나무 아래는
허리 접고 앉아서 야채 팔고 있는 아주머니들.
그 사이사이 친구들처럼 흐르는 정이 보인다

부지런히 껍질을 벗긴 하얀 도라지들이 키 맞춰 놓여 있다
한 사발 샀더니
맛나서 다시 오게 될 거라며 몇 뿌리 더 얹는다.

# 가을맞이

계절이 불식간에 바뀌니
내게도 새로운 공기가 필요한 것 같다

가을맞이 구색 갖춤이랄까
오랜만에 모양 좀 내보고 싶어졌다
어떻게 하는 것이 그럴듯할까
안 입던 재킷을 입고
바바리코트를 걸쳤다
갈색 구두도 잘 매만져 신었다

뜸했던 재즈 카페에 모처럼 가보려고
현관을 나서려는데
잠시 솟았던 설렘이
왠지 모르게
잦아드는 분수처럼 사그라졌다

그렇지만, 올가을엔
살가운 안일(安逸)과 함께
자유와 평화로움에
널브러져보리라.

# 평화

야트막한 언덕길 옆 덤불 속에서
들락날락 몰려다니는 새들을 보게 될 때

지나칠 수도 있는 곳에서 얌전하게 피어 있는
별꽃아재비, 누운주름잎 등을 보게 될 때

가지에 달려 있는 나뭇잎 중 신기하게도
유독 하나만 팔랑대고 있는 걸 보게 될 때

무심히 올려다본 동네 하늘에서
농밀한 파란 빛깔의 진수를 보게 될 때

이웃을 배웅하거나
웃으며 맞이하는 광경을 보게 될 때

동네 아이들이 놀다가 나를 알아보고
할아버지– 하며 달려올 때

길을 가르쳐준 사람이

공손하게 고맙다는 말을 해줄 때

마음이 따스해지면서
평화를 얻게 된다.

# 차이

태고의 어느 때에도 출렁거렸을
어둠의 바다는
물결의 높이가
순간마다 지점마다 다르다
앞으로도 영원히 그럴 것이다

봄날의 호수처럼 잔잔할 때도
산을 삼켜버릴 듯한 공포를 몰고 올 때도
물결의 높이는
다름을 유지한다
앞으로도 영원히 그럴 것이다.

# 어떤 잠언(箴言)

일찍이 양심이나 영혼에
상처를 입어보았던 사람이
그렇지 않은 사람보다
심성이 훨씬 단단할 것이다
어둠이 깊을수록 별은 빛나기 때문이다

살아가면서 때때로 갖게 되는
절망감이나 사무치는 치욕감마저도
나중에는 감사하게 될 것이다
그런 것들이 몸에서
나약의 껍데기들을 걷어가줄 것이기 때문이다.

# 물방개가 그립습니다

열고 싶지 않은 서랍의 보물처럼
간직하고만 싶은 어린 시절이 있었지요

맨날 맨날 동네를 돌아다니거나
앞산을 쏘다녔어요
어쩌다 칡뿌리 몇 개 캐내면
온종일 질겅거리며 입에서 떼질 않았어요

언젠가는 동화 속 이야기처럼
맑은 시냇물로 옷을 지어 입고
흰 구름으로 집을 짓고 살고 싶었어요
앵두나무, 자두나무, 살구나무 등을
뺑 돌라서 심어놓고요.

그 시절은 어디로 가버렸나요
꿈을 꾸었나 봅니다.
아! 정녕 꿈을 꾸었던 걸까요?

문득,
비 맞으며 함께 놀던 물방개가 그립습니다.

# 두 귀에 들려온다

초가을 하늘 밑 신나게 벌판을 맴도는
잠자리들 웃음소리는 들리지 않는다

나란하게 열 지어 힘차게 행진하는
개미들 구령 소리는 들리지 않는다

차가운 계곡 돌멩이 밑에서 부르는
가재들 노랫소리는 들리지 않는다

가냘픈 이파리 바르르 떠는
미모사 울음소리는 들리지 않는다

태초부터 사명인 듯 내처 돌고 있는
지구의 회전 소리는 들리지 않는다

그렇지만, 어디론가 하염없이 흘러만 가는
세월의 신음 소리는 두 귀에 점점 잘 들려온다.

# 숲

연초록이 한창인 숲으로 들어왔다
햇살들이 나무 사이로
길이와 밝기는 다르지만
저마다 마음대로 펴져 있다

물컹거리는 짙은 산 내음
내 몸은 벌써부터 밀착되어
비길 데 없는 생의 충만감으로 채워진다

주변의 새들도 숨바꼭질하듯
나무 위아래로 흥을 내며 날아다닌다

골짜기 아래로
자기의 길을 만들어가며
조용히 흐르는 차가운 물은
전보다 더욱 맑아진 것 같다

무슨 사연이 있는 걸까

양지쪽 작은 언덕에는

함초롬한 연보라색 조개나물 꽃들이

서로를 바라보며 속삭이고 있다.

# 허전함은 남는다

하늘이 온통 푸르다
샘물처럼 맑은 공기들의 유영(遊泳)이 분주하다
솟구치는 청회색 물까치의 비상이 눈에 부시다

햇살이 쫙 퍼졌다
가슴속에 흩어져 있던 다양한 심사들을
한 묶음 한 묶음으로
모두 숲속에 데리고 갔다

때로는 자양(滋養)이 되어주기도 했던
우울로 뭉쳐진 생각들을
계곡물에 하나하나 뿌렸다

마구 엉킨 넝쿨장미 가지치기하듯
어수선한 사념의 가지들을 툭툭 쳐냈다

모처럼 벼르던 일을 하고 나니
몸이 아이처럼 가볍게 느껴졌다
이따금씩 일부러라도 숲에 들어와

'가지치기'를 해야겠다는 생각이 들었다

내려오는 길.
그늘진 심사들을 추려내긴 했지만
가슴 우묵한 곳에는
여전히 허전함이 남아 있는 것 같다.

# 고독

하늘 아래 산이 고독하고
바다 위에 섬이 고독하듯

나는 그대 안에서 고독하네.

# 그리움

멀리 흐르는 강물처럼
그리움이 출렁인다

산비탈 아래로 휩쓸리는 바람처럼
그리움이 몸부림친다

뜨거운 몸부림
타오르는 그리움

# 정적이 깨지다

시간의 커다란 산을 수차례 넘어온
노인들이 살고 있는 시골마을이 있었다

언젠가부터 어른 공경은 옛말이 되어버려
쉰 떡 보듯 거들떠보지도 않는 세태지만

이 마을 사람들은 누구나가
사람 귀한 줄 알고
만나도 잘 만났다 여기며
너 내 없이 의좋게 살아가고 있었다

바깥 맛 알게 된 아이들처럼
마을 할머니들은 거의 매일 나와서
가겟집 담벼락 밑에 쪼르르 모여 앉아
볕을 쬐며 하루를 보내곤 했다

어느 가을날 오후
모아놓은 쓰레기들 치우는 청소차가 왔다

그때 정적을 깨는 외침 소리가 들렸다
–청소부 양반, 우리 할머니들도 좀 치워 가세요.

# 오렌지 주스와 삼립빵

문득, 어렸을 때 맛있게 먹었던 주스와 빵이 떠올랐다
설탕물에 타서 먹던 투박한 비닐봉지 포장의 분말 주스
낱개로 들어 있질 않아 긴 숟가락 쑤욱 넣어
두 번쯤 퍼냈던 오렌지 분말 주스
냉장고가 없어서 아주 찬물은 아니었지만
시원하게 마셨다
수시로 들락거리며 꺼내 먹어
며칠 지나지 않아 별로 안 남게 되면
바닥을 들여다보며 아쉬워했다

학교에서 오자마자 동네 가게로 달려가 사 먹었던
하얗고 보드라운 크림이 들어 있는
십 원짜리 삼립 크림빵
까만 깨 누런 깨 골고루 등에 얹혀 있던
길쭉한 십오 원짜리 단팥빵
며칠 간격으로 한 번씩 교대로 사 먹었지만
그럴 때마다 한꺼번에 두 개를 다 먹고 싶었다
요즈음의 요란한 주스들과 내로라 으스대는 빵들보다

그때의 오렌지 분말 주스와 크림빵, 단팥빵은
지금도 그 맛을 잊을 수가 없다.

# 환각의 숲

더디지만 슬금슬금
추위가 밀려가고

나직이 속살거리며
봄이 가까이로 다가왔다
산들거리는 봄바람이 제법 요요하다

모든 생명체들은 들썩대며
기쁘게 봄을 맞이한다

봄의 향연에 끼어들지 못하고
겉도는 미물이 되어버린 나는
잠시 환각의 숲으로 들어갔다

나에게 남겨진 시간은 과연 얼마나 될까
하루하루가 언제까지 나를 이어줄까
내 몸 안의 혈관들은 언제까지 춤을 출까
뻑뻑하고 떫은 감 같은 근심거리들은

내게서 언제쯤 멀찌감치 사라져줄까

환각처럼 이어지는 사념 속에서
훗날의 진한 어둠이 미리 보이는 듯하다

나보다 더 오래 살 소나무를
한참이나 올려다보다가 숲에서 나왔다.

제2부

# 그저 내 인생의
# 지나간 한때였지만

# 하루살이의 기도

우리는 비바람과 추위도 견뎌내며
삼 년을 기다린 끝에
하얀 날개 달게 되었지

너무나 기뻐
산등성에서
연못가에서
함께 몰려다니며 나풀나풀 춤추었지

물가에선 개구리를 피해 다녔고
벌판에선 잠자리와 거미줄과 새들을 조심했지

정신없이 하루를 보냈지
어김없이 밤은 찾아왔고
우리들은 함께 모여 간절히 기도했지
―하루만 더 살 수 있게 해주세요.

# 봉원동 골목

봉원동 주택가에 들어서게 되었다
언제부터인가 가끔씩
동네 골목을 돌아다니며

딸네 집 찾으러
시골에서 올라온 할머니처럼
이 집 저 집 기웃거린다

가던 길 멈추고
쏟아지는 햇볕을 느끼며
막돌담장 너머
정갈한 어느 댁 마당을 들여다본다

예전엔 라일락 꽃향기 짙게 온몸을 감쌌고
노는 아이들 웃음소리 가득 찼는데

통행인이 여럿 있고
오토바이도 가끔씩 바쁘게 내달린다

어수선하니 어릴 때 같질 않다

그래도 옛 추억에 잠시 젖어들 수 있었으니
잘 기억해두었다가
다시 한번 찾으리라.

# 가을

덥석 다가온 가을
우연인 것처럼 또 찾아왔다

이른 아침이면
풀잎마다 은 빛깔 이슬들이 구르고

황혼이 내리면
여인의 치마폭 같은
아름다운 노을이 펼쳐진다

서늘한 밤이 찾아들면
찌르륵 찌르륵
끊겼다 이어졌다
귀뚜라미 소리 구슬프다

이번 가을에는
어수선하기만 한 내 생각의 편린(片鱗)들을
좀 간추려보고

가상의 행복이라도
그것을 느낄 수 있다면
나만의 유희에 젖어들고 싶다

촉촉한 영혼의 감동 속으로
푹 빠져들고 싶다.

## 상수리나무 위에서

상수리나무 위에 올랐다
그만큼
하늘과 가까워지고
땅과는 멀어졌다

마치 의자 모양으로 휘어진
굵은 가지 위에 걸터앉으니
제법 자세가 편해지고
기분도 흥감해졌다
텅 빈 듯했던 가슴이
무언가로 뿌듯이 채워지는 것 같았다

곤줄박이 한 마리가 날아왔다
사람을 곧잘 따르는 새이지만
얼결에 잘못 찾아들었다고 생각했는지
금세 호르르 날아가버렸다

호젓한 자연의 질서 속에
오늘의 한때도

털실 뭉치 풀리면서 굴러가듯
그렇게 풀어지며 어딘가로 흘러간다

드문드문 저녁 바람 소리가 들려왔다.

# 슬픈 여행

돌아올 수 있어서
그러면,
여행길 또 나설 수 있으니

늘 설렘을 안고 떠나게 되는 것도
여행의 한 묘미겠지만

되돌아올 수 없고
끝내는 해와 달마저도
단념해야만 하는

멀고 긴 인생길은
참 쓸쓸한 슬픈 여행.

# 구름

아릿한 지난날의 추억을 떠올려서
센티멘털하게 하는 봄날의 뭉게구름

불어날 개울물이 기대되어
마음 설레게 하는 여름날 먹구름

공연한 상심과 우수를 자아내어
한동안 바라보게 하는 가을날의 흰 구름

아주 먼 곳에서 그저 맨송맨송하게
가끔씩 얼굴만 보여주는 무심한 겨울 구름

이런 구름들도
어둠이 내리고 외로움이 깔리면
달과 별들 찾아 먼 길을 나선다.

# 익숙한 정

싱그러운 봄날들이 작별 인사도 채 하기 전
와락 덤벼들어 멋대로 퍼져나가던
여름의 열기는 사르륵 식혀졌고

나무의 변화된 모습이나
얼굴을 스치는 잔바람에도
가을의 정취가 묻어난다

숲은 굳건한 초록만 남겨지고
노랑과 붉음 속으로 자꾸 들어간다
하늘은 더욱 높게 보이고
대기(大氣)는 여전히 맑지만

묵혀진 쓸쓸함과 허전함이 어우러져
슬픔처럼 다가온다
이젠, 애쓰며 추스르려 하지 않고
그냥 그러려니 받아들이리라

어김을 모르는 채

다시 곁으로 다가와 준 가을에게

익숙한 정이 느껴진다.

# 오매불망

세월이 이토록 흘렀는데도
도무지 잊혀지질 않는 건 무슨 영문입니까

한 사람은 떠났지만 남겨진 사람에게
이렇게 오랜 세월 동안 간직되어진다는 것이 놀랍고
사람에게 그런 감정이 존재할 수 있다는 것이
믿기지 않을 따름입니다

무시로 떠오르는 시큰한 추억에
번번이 가슴 에이게 되는 것이 별스러워서
과잉된 집착이 아닌가
문득문득 제 자신이 무서워지기도 합니다

하루하루 수많은 시간들이 정한 듯 흘러갔지요
세월이 흐를수록 그리움은 더욱 짙어지게 되나 봅니다
당신을 향한 그리움의 단(壇)이
갈수록 공고(鞏固)해지고 높아져만 가니까요

요즈음은,

해와 달과 별들이 낮과 밤을 이어서

늘 당신 곁을 지켜주고 있으리란 생각이 듭니다

둥그런 달과는 많이 친숙해져서

자주 올려다보게 되었지요

그러면, 제 마음에 평온이 찾아드는 것 같으니까요

세월이 이토록 흘렀는데도

도무지 잊혀지질 않는 건 무슨 영문입니까.

# 오만

겸허나 순리는 아예 제쳐놓고
오만과 억지만을 뿜어대며

한낮의 태양이
하늘 높은 곳에서 으스대고 있다

가벼운 한숨을 내뱉으며
구름들은 피해 지나간다.

# 어치와 물까치

산에서 가끔 어치를 보게 되면 무척 반갑다
그럴 때마다 순박한 어치가
내게 던지는 속삭임이 있을 것 같아
가까이로 살살 다가가보지만
그저 내 생각뿐이었지 어치는 휙 날아가버린다
어치의 다른 이름은 산까치라 하는데
처음에 어치로 알게 되어서 그런지
지금도 꼭 어치라 부르게 된다

동네에서 물까치도 자주 보게 된다
길을 걷다 보면 물까치가 내 앞으로 보란 듯이
형광빛 청회색 날개를 휘저으며 휙휙 난다
논두렁길 따라나서는 시골 개처럼
앞서가며 내게 길을 안내해주는 것 같다
통통한 어치를 보면 날렵한 물까치가 생각나고
물까치들을 만나면 어치들이 떠오른다.

# 그저 내 인생의 지나간 한때였지만

그저 내 인생의 지나간 한때였지만
은밀한 향락이 스치듯 지나갔던 때를 떠올리면
나도 모르게 아늑해지기도 하고
무언가에 홀린 것 같았구나라는 생각에
씁쓸해지기도 한다

향락을 두려워하는 자는 바보라고 말했던
까뮈가 내 안에 한참이나 들어와 있던 시절
설렘과 죄책감이 동시에 늘 나를 따라다녔다
그 시절 나는 거죽은 제법 맨들맨들했지만
속에는 알 수 없는 비애가 뭉글대고 있었다

감각을 찔러대는 얼룩덜룩한 음악과
들쭉날쭉했던 책들에 선부르게 몰입되어
그저 구름 위를 떠다녔고,
나 스스로 정해놓은 몇 개의 금칙들은
허술하게 쌓은 모래성처럼 너무 쉽게 무너져내렸다
이젠, 무위니 무념이니를 애써 흉내 내보기도 하지만
어느덧 생은 뒷부분을 향해 흘러가고 있다

지금도 어쩌다가 그 시절이 떠오르면
은밀함의 순간적인 위력이 내 앞에 나타나며
대변에 가슴을 툭툭 치는 진동이 느껴진다
의식의 저 너머로 밀려서 처져 있던 기억들이
꾸물꾸물 다시 떠오르며 펄떡거린다
무모했지만 근사했었다고 생각하고 싶다
어지간하게는 다듬어진 감각의 유희들이었다
그저 내 인생의 지나간 한때였지만.

# 침묵의 강

파란 하늘과 한빛을 이룬 강
길게 뻗은 모래밭이 눈부시다

가끔씩 바람이 불어오면
강가에 물 냄새가 스친다

강물을 무심히 바라본다
강도 나를 흘깃흘깃 바라본다
무슨 말인가를 하고 싶은 것 같다

하얀 물살을 일으키며 강물이 흘러간다
세월을 한 움큼 안고 조용히 흘러간다
무던하게 어제처럼 그저 흘러간다.

# 햇살

둔중하게 동이 텄다
새 날이 온 것 같질 않다
가슴으로 활력이 들어차지 않는다

산으로 향했다
마주 보이는 산봉우리 위로 검은 구름들이
꾸무럭꾸무럭 어딘가로 이동하고 있다
구름 밑 한구석으로 까마귀 몇 마리가 날아간다

검은 구름 안에 들어있던 태양이 구름을 제치고
햇살을 내비치기 시작한다
얼마 후 눈부신 햇살들이 마음껏 뻗어나간다

젖혀져 스러졌던 산(山) 기운들이 꿈틀대며 요동친다
나는 각별한 마음으로 이 기운들을 맞이한다
생각과 감각들이 저절로 이 기운들에 순응되는 것 같다

문득
겉묻어 듬성듬성 살아가던
허튼 나날들에 애착이 생긴다.

# 푸근한 고독

고독이 내 곁으로 다가온다
사박사박 작은 소리로 다가온다

나를 보며 빙긋이 웃어준다
뭉쳐 있던 근심들이
초저녁 노을처럼 금세 사라진다

가끔씩 내게 찾아와주는 푸근한 고독
떠올리면 뿌듯해지는 오랜 벗 같은 고독

그리움이 고일 사이 없이
얼른 또 보고 싶다.

# 추억

달콤하고 아늑한 것이지만
가끔은 그 안에서
옅은 슬픔도 피어난다.

# 활력을 찾다

연일 기승을 부리는 더위가 그칠 줄 모른다
더위에 아침을 맞고 더위에 밤을 보낸다
무기력이란 말이 실감된다

어딘지 곤고해지는 듯한 기분을 떨쳐버리려
매미 소리 한창인 산으로 향했다
숲에는 한낮의 강렬한 열기가 감춰져 있었다

순식간에 검게 엉긴 구름들이 하늘을 덮는다
바람이 빨라지더니 굵은 비가 거칠게 쏟아졌다

오랜만에 불쑥 찾아든 약수터
바닥에 누군가 비질했던 자국이 빗물에 지워진다
주변에 풀들이 억세게 버썩버썩 자라 있다

샘물을 흠뻑 마신다
찬물이 공복의 위벽에 차오른다

내 몸 안으로 찬 기운이 들어가니

물 긷던 두레박줄 놓친 사람처럼 허둥대다가
정신을 바로 차리게 되고
더위 탓에 흐트러지고 뒤바뀐 질서가
제 자리에 맞춰지는 것 같다

심신은 개운해지고, 산에서 내려와 집으로 향한다.

제3부

# 살아가기놀이

# 슬픔

태양은 젖은 모든 걸 마르게 한다
검은 구름 속에 묻히지 않으면
태양은 그럴 수 있다

비탄에 젖어 있는 가여운 이의 슬픔도
태양빛에 마를 수 있을까

흠뻑하게 젖어버린 그이의 깊은 슬픔을
바닥까지 마르게 하려면
얼마큼의 태양빛이 쏟아져야만 될까

한나절 빛으로도
묵혀온 그이의 슬픔이 사라지게 될까

찌륵찌륵
그이의 가슴을 메운 슬픔의 소리가
여전히 가까이에서 들려온다.

# 쇠비름 꽃

현재의 삶에서는 시큰둥하니
그저 데면데면 살아가고,
부딪치며 뛰놀던 어린 시절
그 무지개 같은 날들을 자주 떠올리는 것은

속 내용이 잘 기억나진 않지만
언저리 느낌은 남아 있는
지난밤 꿈을 되짚는 것처럼
무위한 일일 것이다

어쩌면 한 인간이 한평생을 살아가는 일도
무위의 연속일지 모른다

매미들이 길게 울고 있다

매미나 잠자리 개미 등의 짧은 생을 생각하면
우리의 인생이 덧없다 무상하다
말하는 것은 안 될 말 같지만
'인생'처럼 무상하고 허무한 것이 어디 있겠는가

흐릿한 하늘에 떠 있는 것이,
낮달이 해처럼 걸린 건지
해가 낮달처럼 떠 있는 건지 얼핏 분간이 안 된다

진 땅 한구석에서 지렁이가 꿈틀대다 멈춘다
노란 쇠비름 꽃이 나를 보고 있다.

# 숲을 찾는다

주변이 휑뎅그렁한 것 같고
세상 안에서
지금 내가 살아가고 있다는
현존의 실감을 가져보고 싶을 때
가까이 있는 숲을 찾는다

숲은 언제나 넉넉한 품으로
우리를 받아준다
관(棺)처럼 누구든 가리지 않고 받아준다

숲은 우쭐대며 들떠버린 마음의 파도를
진정시켜주기도 하고
무기력에 침몰되어 늘어진 어깨를 보면
푸근하게 맞이하여 마음의 정돈을 찾게 한다

산 내음이 바람에 실려 퍼지고
새들이 저마다 분주히 날아다닌다
검은색과 누런색이 반반인 통통한 벌이
때죽나무 흰 꽃 속을 들락거린다

아이들 그림책의 바둑이 형상을 한 바위가
나를 내려다보고 있다

접힌 마음 펴주는 그 바위를
한참이나 올려다본다.

# 해 질 녘

해 질 녘이 되면
하늘도 내려앉는다
가장자리에서부터 안으로 둥글게 내려앉는다

해 질 녘이 되면
부서질 수 있는 햇빛은 이미 다 부서졌는지
길게 늘어졌던 나무 밑 그림자도 마침내 사라진다

해 질 녘이 되면
가슴 한자리 허전하던 곳이 슬며시 메워지고
어딘지 마음이 푸근해져 온다
가슴이 따뜻해진다
긴 여행에서 돌아온
나그네의 마음이 이럴 것 같다

해 질 녘이 되면
갇혀 있던 바람도 자유를 찾는다.

# 인지상정

눈 내리는 추운 겨울이면
뜨거운 여름날이 생각나고
오래도록 불볕더위가 계속될 때
빙점의 추위를 떠올리게 되는 것은
인지상정일 거다

아이가 어서 자라면 좋겠다는 마음이었는데
머리가 굵어져 툭툭댈 때
재롱부리던 어릴 때가 그리워지는 건
인지상정일 거다

노년이 되어 말하기로는
'이만큼 오래 살았으니 가야지' 하면서
내처 더 살고 싶어지는 것
이 마음이야말로 인지상정일 거다.

# 햇빛의 자부심

산의 빛깔이 암녹색으로 바뀌더니
툭툭 빗방울이 떨어진다
이틀이나 사흘거리로 비를 보게 되는구나 했는데
어느새 하늘이 파랗게 벗겨졌다

햇빛이 하얗게 부서지며
파상(波狀)으로 퍼져나간다
낱개 낱개 눈으로 포착해본다
햇빛의 은밀한 긍지가 보인다

축축하게 물기 먹고 주위에 미만해 있던
우울들이 걷힌다

개미들은 가던 길을 다시 찾아 나서고
새침데기 박새도 우쭐대며 날아간다

짧은 장마의 끝
햇빛이 쏘듯이 따갑다.

# 은행나무

가을이 뿌려진다
은행나무가 가을을 뿌린다

성급해서 이르거나
게을러서 더디지 않고
해마다 이맘때쯤이면
은행나무는 가을을 뿌린다

계단 위에
화단 위에
뛰노는 아이들 곁에
은행나무가 가을을 뿌린다

노란 가을
그 속으로 모든 것이 빨려 들어간다.

# 살아가기놀이

'살아가기놀이'란 놀이가 있습니다
아이들 고무줄놀이나 공놀이처럼
실컷 놀고 아쉬움이 남으면
다시 또 해볼 수 있는 놀이가 아니고
누구든 한 번만 해볼 수 있는 놀이입니다

놀다가 저절로 흥이 생겨서
어떻게 시간이 흘러가는 줄 모를 수도 있고
원체 재미가 없어서 끝나기도 전에
당장 그만두고 싶기도 한 놀이입니다

운동경기처럼 규칙이 있는 건 아니지만
신(神)이 정해놓은 시간의 제한이 있고
생각보다 빨리 끝이 납니다

가을날 기차 안에서
스치는 바깥 풍경 바라보듯
편안한 마음으로 살아가기하는 이도 있고
곡예사가 줄을 타듯

그저 아슬아슬하게 살아가기 하는 이도 있습니다

어디 다른 곳에

누구에게나 수월하고 신나는 '살아가기놀이'가 있을까요

끝나면 다시 해볼 수도 있는 '살아가기놀이'가 있을까요.

# 물비

파란 여름 하늘이 보기에 좋다 했는데
느닷없이 툴툴거리며
비를 뿌리기 시작한다
순식간에 거칠고 메마른 땅 위에
엄청난 물을 쏟아붓는다
경련을 일으키듯 퍼붓는다
낙하의 자유인가 과잉의 자유인가
금세 산길은 원색의 흙물이 철철 넘쳐흐른다

여름은 그냥 지나가질 않고
한 번쯤 꼭 풍성한 비로 나를 맞아준다
일부러 온몸으로 비를 맞으며 산길을 걷는다
눈에 들어오는 대로
칡 이파리, 청가시덩굴 순, 억세진 돌나물,
파래지기 시작한 새큼한 산초 열매를 입에 넣는다
문득, 금단의 열매 맛은 어땠을까 생각해본다

여기저기 물소리 퍼져가며 정겹게 들려온다
새삼스레 비가 물이라는 액체였지 생각해본다

비 따로 물 따로 착각했었나 보다
비에 젖으면 감기에 걸리지 하면서도
낭만적으로만 생각했다

멋대로 버둥거리던 산만했던 시간들
잔뜩 엉겨 있던 부질없는 욕망들
비와 함께 사라져버린다.

# 그리움이 스미다

흐르는 강물을 바라보고 있으면
슬며시 얼굴로 바람이 닿아지고
모래에 물이 스미듯
가슴으로 그리움이 스며든다.

# 하늘 마을

하늘이 구름 속에 있고
구름이 하늘 속에 있다

구름이 구름을 데리고
구름들이 살고 있는
하늘 마을로 간다

구름이 구름에 안겨서
찰나와 영원이 함께 술렁대는
하늘 마을로 사라진다

하늘이 구름 속에 있고
구름이 하늘 속에 있다.

# 밤바다

파란 바다가 파란 하늘 아래 누워 있다
하늘이 늘 내려다보고 있어서
바다는 외롭지 않을 것이다

하늘 끝과 바다의 끝이 한 줄로 닿아져 있다
멀리 하얀 물결의 일렁임이
파란 하늘 아래 평화롭게 보인다

바다에 어둠이 내린다
바다는 온통 검게 변하고
평온은 사라진다

춥고 무서운 외로움에
바다는 흐느끼며 절규한다
밤바다의 절규보다 뼈저린 절규가 있을까

바다가 내뱉는 탄식의 조각들이
어둠속으로 사라진다
꽃 무덤처럼 쌓이다가 흩어진다
흥정흥정 무슨 소리를 내며 멀어져간다

# 낯가림

새들은
어느 나무이건
가리지 않고 찾는다

새들은
사람과는 달리
낯가림을 하지 않는 것 같다.

# 바위와 사귀다

일찍부터 찐득거리는 궂은 날이든
늦가을처럼 추르르 쌀쌀한 날이든
그러고 말고 할 거 없이

아침부터 일상을 휙 밀어버리고
사과나 오이를 챙기든지
없으면 물병 하나 들고서
서둘러 바위가 기다리고 있는 숲으로 향한다

얼마 전, 다니던 길이 아닌 새로운 길로 들어섰다가
눕거나 앉기에도 좋을 것 같은
제법 널찍한 바위를 알게 되었다

얼마나 오랜 세월을 풍우에 시달려왔을까
색이 바랬고 펑퍼짐하니
언뜻 보기에 상부(上部)는 밋밋한 작은 능선 같다
깔개를 깔고 바위 위에 눕는다
파란 하늘이 가득 눈에 들어온다

트럼펫이 뱉어내는 긴 음향이 어디선가 들려오는 듯하다
꿈이 스미듯 알 수 없는 그리움이 온몸으로 스며든다
바위와 함께 있으니 혼자라는 기분이 들지 않는다

친근한 어떤 대상이 곁에 있으면
푸근함이나 따뜻함을 쉽게 느끼게 되는 것 같다

파란 하늘 밑에 한참 동안 누워 있으니
산만한 생각들이 간결해지면서
들썩대던 마음도 제자리를 찾고
가슴에는 온기가 퍼진다

헤어질 때면
느슨한 언약이나 흐린 약속을 하지 않고
바위는 늘 무언으로 내게 말해준다.
'언제나 당신을 맞아줄게요.'

# 느티나무

느티나무 한 그루가 서 있다
처음 뿌리를 흙 속에 박기 위해
얼마큼의 압력이 필요했을까

보호수 팻말을 달고
마을 가운데 서 있는 느티나무

삼백 년보다 더 긴 세월을
부러지고 찢기고 하면서도
든직하게 버텨온 느티나무

본래의 모습을 유지하며
마을과 사람들을 품고
세월을 응시하며 서 있다

장하도다! 느티나무여!

# 거미

거미는 혼자서 조용히
자신의 집을 짓는다
그것도 쉬엄쉬엄
사십 분 정도면 족하다.

제4부

# 내 방에는 긴 의자가 있다

# 허허벌판

나무 몇 그루 서 있는 벌판에 왔다
그런데 벌판이 긴장하고 있는 것 같다

몇 그루의 나무마저 사라질까 봐 그럴까
아니면 몇 그루라도 함께 지내기가 거북한 걸까

나무와 서로 의지하며 사는 게 어떠냐고
나는 벌판에게 조심스럽게 물어보았다

벌판은 난처한 듯 대답했다
의지니 친밀감이니 하는 것도
한순간에 무너질 수 있지요
경솔한 교제는 그러니까요

허허벌판다운 대답이었다
허허벌판의 생각은 쉽게 바뀔 것 같지 않다.

# 시간

오늘이라는 날이
어제처럼 심드렁하게 다가온다

시간은 앞뒤 재지 않고
작정 없이 흘러왔다가
그냥 그렇게 가버린다

오고 가기 선수인 시간
기껏 하는 일이라곤
그것이 전부인 시간.

## 허(虛)

무언가로 채워져 있는 줄 알았던
내 인생의 속이 텅 비어 있다
지금 문득 그런 생각이 든다

의지도 활력도 친밀감도 모두 사라져버렸다
있었던 계획이나 기대마저 휘발된 것 같다

흐르는 시간, 평온, 푸념, 흥분, 창백함,
꿍꿍이, 화해, 감각, 꿈, 환희, 은밀함,
집착이니 미움이니 하는 것들
관심이니 무관심이니 하는 것들도

그저 아무것도 없이 비어 있다
그 비어 있음만이 보일뿐이다.

# 산국(山菊)

없는 듯 홀로 핀 산꽃이 아닌
산등성을 노랗게 덮은 큰 무리 꽃들이다

자잘한 산국들의 진한 향내가 온 산을 현혹한다
그저 그런 내 코의 감각도 금세 알아낸다

벌들이 꽃 속에 파묻혀 나올 줄 모른다
지극한 쾌락의 시간인가 보다

진득하게 전체를 바라보기 좋은 자리
붉은 열매 잔뜩 달린 산수유나무 밑

진노랑 산국에 끌리어 한참 동안 앉아 있으니
땅에서도 돌에서도 찬 기운이 올라온다

커다랗던 태양이 조금씩 줄어들며
자기 집을 찾아 가는 어둑한 시간

소중한 만큼 애틋했던 산국과의 시간들도

어슬렁거리며 사라져간다

온몸으로 파고들던 산국의 강렬한 향내
언제까지라도 그 향기 간직하리라.

# 예쁜 비, 예쁜 할머니

동네 길가의 화단에서 우산을 받고 앉아
무언가를 하고 있는 할머니 한 분을 만났습니다.

"할머니, 비 오는데 무얼 하고 계세요."
내가 말을 건네니 웃으시며
"천일홍 씨 좀 뿌리고 있어요. 기다리던 봄비가
하도 예뻐서 호미 들고 나왔지요." 하신다.

내가 "비에도 예쁜 비가 있나 봅니다." 하니까
"네, 비에도 예쁜 비가 있어요. 보세요, 안 예쁜가."
"이걸 비라고 해야 할까요, 안개라고 해야 할까요."
하시는데 연세가 여든 가까이 되신 듯하다.

"아이들이 이리로 많이 다니는 것 같아
그 아이들 보라고 심는 거예요. 작년엔 실패했었죠."
"내가 왼손잡이라 왼손으로 씨를 뿌려서 그랬나 봐요."
하시기에 나는 웃으며
"그럴 리가 있겠어요. 그런 건 아니죠." 했다.

할머니께서
"민들레나 채송화는 몸이 작아서
흙에서 양분을 조금만 얻어도 잘 자라지만
천일홍은 조금 커서 양분이 올라오다가 그치나 봅니다."
"그래서 지금 흙을 일구고 비료도 주었어요." 하시더니
"댁도 가끔씩 지나다니실 때, 물주기 좀 해주세요."
"우리가 아이들에게 예쁜 꽃을 볼 수 있게 해줍시다."

"댁께서 혹시 씨가 필요하시면,
좋은 씨를 받아두었다가 내년에 드릴게요."
"그리고, 아침에 제게 말벗이 되어주셔서 고마웠어요."
하신다.

마음이 곱고 깍듯하신 예쁜 할머니…
예쁜 비가 살며시 흩뿌리는 아침이다.

# 네 여인

세상인심이 갈수록 효박해져서 심히 걱정스럽다.
그런데 오늘은 이런 걱정이 말끔하게 사라진
뭉클한 하루였다.
얘기는 이렇다.

누구에게나 그렇듯 가을 산의 부름은
거절하기가 쉽지 않다.
하늘도, 산도 마음에 쏙 들어서
다소 뜸했던 코스의 산길을
혼자 들떠서 쉬지 않고 쭉쭉 걸었다.
돌계단을 오를 때 땀이 평소보다 많이 흘렀다.
몸이 좀 무거운 것 같았다.

능선에 이르니, 나무 밑에서 쉬던
사십 대 후반쯤의 여성 네 분이
이동하려고 막 일어나기에
나는 그들이 앉았던 평평한 자리에 앉았다.

그들 중 한 여성이 나를 웃으며 자꾸 보고,

다른 분들도 웃으며 나를 살피듯 쳐다보았다.
약간 어색해서 내가 말을 건넸다.
“올라올 때 덥던데 힘드셨죠.” 하니
그들은 거의 동시에
“힘들 게 없었어요. 쉬시다 오세요.”
“목적지도 아마 같을 거예요.”
“저희들은 먼저 갑니다.” 하면서 떠났다.
오 분이 더 지났을까, 일행 넷 중 두 여성이
내가 쉬고 있는 곳으로 다시 내려왔다.
“처음에 선생님을 봤을 때
안색이 안 좋고 힘들어 보이셨기에
혈당이 떨어져서 그럴 거라 저희들은 판단했지요.”

“아까 헤어진 후 넷이 산을 오르다가 아무래도
다시 내려가서 살펴야 될 것 같다는 생각이 들어
저희 둘은 내려온 거예요. 이걸 드세요.”
하며 과자를 한 움큼 내 손에 쥐여주었다.

나는 놀라서 “제 배낭에 과일이 좀 있어요.

그걸 먹으면 됩니다."
했더니 "이 과자들을 저희가 보는 앞에서 다 드세요."
하는 게 아닌가.
나는 그렇게 했다.

잠시 후 "이젠 되신 것 같네요. 혈색이 좋아졌어요."
"산행 조심하세요. 저희 둘은 일행에게 갑니다."
하면서 바위산 쇠줄 쪽으로
또다시 웃음 인사를 하며 사라졌다.

지금 내게 달달한 과자의 맛과 함께
그 미지의 여성들에 대한 고마움이 떠오른다.
오래갈 것 같다. 아마 잊히지 않을 것이다.
그런데, 내게 감정의 소용돌이는 생기지 않는다.
뭉클함이 있을 뿐이다.

# 사라짐과 지속됨

굵은 빗줄기도 차츰 가늘어지다가
이내는 그치게 되듯,
보고 싶은 이에 대한 애틋한 마음도
언젠가는 언덕의 바람처럼 사라지게 될 것이다.

늘 차가운 느낌을 주는 아침
그리고 활기를 뿜어내는 낮,
잠시 쓸쓸해지는 저녁과 뒤이어 차분해지는 밤
이것들은 언제까지나 흠결 없이 이어질 것이다.

## 숲에는

나무들이 알찬 푸른 숲에는
일렁이는 햇살이 있고
술렁이는 바람이 있다

바위틈에서 솟아오르는
차가운 샘물이 있고
덤불 속에서 지저귀는
새들의 애교가 있다

굵어지는 나무들에게 보내는
푸근한 찬사가 있고
꺾인 나무를 향한
섬세한 동정심이 있다

덧없는 것들에 마음 두고 살지 말라는
은연한 훈계도 있다.

## 바둑이 바위

가끔 찾는 바둑이 바위 옆모습에는
슬픔이 배어 있다
절벽 위 높다란 곳에 떼뚝하니 앉아
풍우에 시달리며 먼 곳
앞산만을 바라보며
홀로 버텨왔을 인종의 긴 세월

외로움조차 모르는 양
외롭게 앉아 있기에
그 모습이 더욱 슬퍼 보인다
바둑이 바위 곁에는
소나무 두어 그루가 서 있지만
그곳에는 늘 떠다니는 슬픔이 있다.

## 내 방에는 긴 나무 의자가 있다

내 방에는 산길에 있는 나무 벤치 모양의
긴 나무 의자가 있다
방 가운데 가로놓여 있어서
처음에는 어색하고 불편했는데
익숙해지니 그런 걸 모르게 되었다
내다 버리거나 다른 데로 옮겨둘 생각이 들지 않는다
무생물체인 투박한 이 나무 의자가
이제는 나의 소중한 친구가 되었다

마음에 큰 구름이 얹힐 때나
마지막 기둥에 부딪친 사람처럼
불운하다는 생각이 들 때
이 의자에 앉아 창밖을 내다보며 상념에 잠긴다
땅에 물이 스미듯 여러 생각들이 저절로 스며든다

무엇에 요령부득인지
무엇에 마음을 쓰고 있는지
누구를 마음에 품으며
누구를 마음에서 버리고 있는지

하다못해 내가 나잇값은 하며 살고 있는 사람인지
나무 의자에 앉으면
이런 생각들이 번갈아 혹은 한꺼번에 떠오른다

내 방에는 긴 나무 의자가 있다.

# 검은 나무

인왕산 일부가 불을 덮어썼고
열흘쯤 지난 뒤 그곳에 가보았다
그 후 반년 정도 지난 며칠 전
궁금하기도 했고
인왕산 밑에 터 잡고 사는 이로서
들러보는 것이 도리 같다는 생각이 들어
다시 그곳에 갔다

여염(餘炎)의 흔적들
아직도 산비탈에는 탄 내음이 깔려 있고
새카맣게 탄 소나무들의 잔해와
미처 덜 그을린 나무들의 몰골은 여전히 처참했다
처음 왔을 때와 달라진 게 없었다
소생에 대한 나의 한 가닥 소망은
여지없이 뭉개져버렸다

아무도 없는 이곳에
검게 탄 나무들이 우뚝우뚝 서서
인간인 나를 향해 두 눈 부릅뜨고 노려보며

일제히 품고 있던 원망과 저주를 퍼붓는 듯했다
갑자기 무섭고 미안한 마음이 들어서
나도 모르게 슬금슬금 자리를 피하게 되었다

신기하게도
소나무 굵은 줄기에는 드문드문
하얀 균류(菌類) 같은 것이 자라나고 있었다.

# 아련하다

어린 시절 앞집 계단 위로 흘러내리던
따스한 햇살들이 아련하게 떠오른다

살랑거리던 봄날의 바람결이 아련하고
도랑으로 흐르던 물결 소리도 아련하다

마음은 여기저기 다른 데 가 있어서
건성건성 채우기만 했던 숙제 공책들이 아련하고

운동회 날, 의기양양하게 펄럭대던 만국기와
줄다리기, 달리기, 기마전 등의 함성 소리가 아련하다

친구들과 덜컥 일을 내고 혼이 날까 봐
마음 졸이던 순간들도 아련하고

앞산에서 늦도록 놀던 너른 바위와
올려다보면 늘 푸르던 하늘빛이 아련하다

깨고 나면 못내 아쉽고 뒤숭숭할 때도 있지만

또다시 가보고 싶어지는 꿈길들이 아련하다

올 한 해의 뒤쪽 두 달만이 남은 가을날 오후
아련히 떠오르는 몇 줄기 추억들로 마음이 애틋해진다.

# 한계

한낮의 햇살이 조용히 마당에 머무르고 있다
빤하게 쳐다보며 일삼아서 들러붙는
시치근한 맨날 맨날을 동댕이쳐버리고 싶어진다
희열이 덧씌워지는 몰입 뒤의 성취를 맛보고 싶어진다
미처 생각해보지 않았던 무언가에
잔뜩 사로잡혀 뒹굴고 싶어진다

법열의 경지에서나
무릇 일컬어지는 참 신앙 속에서만
쉼 없이 찰랑대는 마음의 잔물결이 잠잠해지며
번요를 잊고 제대로의 질서를 갖게 되는 걸까

아니면 죽음 너머에 존재할지도 모르는
또 다른 어떤 세상에서, 남다른 어떤 사람만이
심신이 아늑해지는 평안을 찾고
진정한 환희를 맛보게 되는 걸까

어쩔 수 없는 이런저런 한계들이

텀벅텀벅 내 안으로 들어온다
햇살이 늘어지며 마당에 널브러진다.

# 인연

누구에게나 사는 동안 몇 번은 맞이하게 될
'인연'이라는 신비로운 물질이 있다
눈에 보이지 않는 자기장처럼
스스로 뿜어내어 우리를 끌어당긴다

어디에 차곡차곡 쌓여 있었던 걸까
구름처럼 잔뜩 엉겨서 떠다니고 있었을까
아니면 세상보다 상위의 어떤 곳에서
플라타너스 열매처럼 대롱대롱 매달려 있었던 걸까

어느 날 우리 곁에 불쑥 찾아와
알록달록 근사한 곳으로
친절하게 데려다주는 '인연'

'인연'은 오늘도 누군가를 끌어당긴다.

# 슬픈 시냇물

내 의식의 건조함 때문일까
찐득거리는 날씨의 영향일까
이런 생각들이 떠올랐다

내 영혼에서 사라져버렸을
어린 시절의 순수함이나 순진함은
내게 다시 오지 않을 것인가
그것을 끝내 되찾을 수는 없는 것인가
순진을 말할 수 있는 때가
정말로 내게 있기는 했었을까

노년이 되면
다시 어린아이의 마음을 갖게 된다는데
과연 나도 그렇게 될 수 있을까
때 묻은 영혼의 더께가 사라져줄까

더위는 오늘도 등줄기를 타고 흘러내리고
여윈 시냇물은 슬프게 흐른다.

# 생각의 길 위에 서서

전기철(시인, 문학평론가)

## 1

인간의 생각은 살아가는 동안 멈추지 않는다. 몸속의 세포 활동처럼 생각은 가만히 있지 않고 움직인다. 생각이 어떻게 만들어지는가에 대한 의견은 분분하지만 인간은 살아 있는 동안 생각을 멈출 수 없다. 심지어 잠을 자고 있을 때나 생사가 오락가락할 때조차도. 그 생각은 의식에서 무의식, 초의식에 이르기까지 광범위하다. 따라서 생각은 흔들리는 진자처럼 의식과 무의식 사이를 왔다 갔다 하며 자유롭게 떠다닌다. 그만큼 생각의 범위는 넓고 깊어 가까운 눈앞에서 노닐다가도 갑자기 멀리 여행을 떠나기도 하며 시공간을 자유롭게 왕래하기도 한다. 이런 무시간적이면서 공간을 자유롭게 넘나드는 생각을 언어로 붙잡으면 예술이 되고 과학이 되며 철학이나 물리학이 된다. 생각에 따라 나는 네가 되기도 하고 그가 되기도 한다. 생각을 어떤 언어로 붙잡느냐에 따라 생각의 형태는 달라진다. 시인은 시라고 하는 형태로 생각을 붙잡는다. 그 생각은 정서적인 언어로 되어 있다. 시인은 감각이나 감성으로 생각을 붙잡는다. 그는 자신의 내면에 귀 기울이며 생각에서 정서적인 부분만을 언어로 표현한다. 그 생각은 뜬금없이, 불쑥 무시(無時)로 나타난다. 그것을 언어로 잡아내는 것이 순간적으로 떠오르는 정서를 적는 일일 것이다. 박영욱 시인은 자신의 내면에서 갑자기 나타나는 울림을 정서적으로 적어 평범한 일상의 정적을 깬다.

> 느닷없는 창작 욕구가 생겨 시를 쓰게 될 때도 있다.
> 뒤에 읽어보면 내가 쓴 글 같지 않다.
> 또, 영락없이 내가 쓴 글 같다.

위 인용문은 시집 속「自序」의 일부이다. 여기에서 '느닷없이'라는 말은 생각의 정서적 속성이다. 정서는 물이나 공기와 같아서 떠다니다가 벽에 부딪치거나 방해를 받으면 흐름이 바뀐다. 이 바뀌는 흐름의 순간이 곧 정서가 의미를 띠는 부분이다. 시인은 생각의 정서적 특성을 '느닷없이'라는 말로 표현했다. 이런 갑작스런 생각의 등장을 '문득'이나 '그때' '불쑥' 등으로 표현하기도 한다. 불쑥 나타나는 생각에서 시가 되는 일은 곧 정적을 깨우는 사건이다. 다시 말하면 그 갑작스런 생각에 정서적 의미와 형태를 부여하는 사람이 시인이다.

> 문득,
> 비 맞으며 함께 놀던 물방개가 그립습니다.
>
> —「물방개가 그립습니다」 부분

> 어느 날 우리 곁에 불쑥 찾아와
> 알록달록 근사한 곳으로

친절하게 데려다주는 '인연'

—「인연」 부분

이렇게 '문득' 또는 '불쑥' 나타나기도 하는 생각은 사실상 먼 곳에서부터 아주 느리게 천천히 나타나는 '인연'에서 비롯한다. 생의 인연을 따라 묻혀 있던 생각이 어느 날 불쑥 나타난다.

누구에게나 사는 동안 몇 번은 맞이하게 될
'인연'이라는 신비로운 물질이 있다
눈에 보이지 않는 자기장처럼
스스로 뿜어내어 우리를 끌어당긴다

—「인연」 부분

"'인연'이라는 신비한 물질"로 인해 시인은 "떠오르는 생각을 누군가에게 들려주고 싶어지면 시를 쓴다."(「自序」) 여기에서 시는 생각을 정서적인 형식으로 표현하는 양식이다. 그러므로 "자기장처럼" 인연이 "우리를 끌어당"겨 시라고 하는 양식을 갖추게 되었음을 시인은 밝힌다. 그 인연을 따라 시인은 생각이 흘러가는 길을 따라 언어의 옷을 입힌다. 때로는 허전하고 쓸쓸한 생각이 나타나다가도 또 다른 때에는 행복하고 아름다운 생각이 떠오르기도 한다. 생각은 어떤 길로도 갈 수 있기 때문이다. 생각에는 윤리도 없고 미추(美醜)도 없다. 인연 따라 올 뿐이다.

## 2

그렇다면 인연에 따라 불쑥 나타나는 생각들은 어떤 데로 흘러

갈까? 다시 말하면 시가 되는 생각들은 어떤 시간과 공간을 끌어당길까? 시인은 무엇보다도 일상의 생활 속 시공간에서 시를 만난다. "무심히 올려다본 동네 하늘"(「평화」)이나 "보호수 팻말을 달고/마을 가운데 서 있는 느티나무"(「느티나무」)에서 생각이 머무른 데서 보면, 동네나 마을, 야트막한 언덕이나 앞산, 골목이나 마을과 산으로 이어지는 길에서 시를 만난다. 그는 발을 딛고 서 있는 땅의 여기와 지금에서 불쑥 나타나는 인연의 끈을 고구마 줄기처럼 뽑아 올린다. 그는 왜 현재에 만족하지 못하고 생의 인연을 끌어당길까. 이를 알기 위해서 그가 갖는 현실인식이나 자의식을 알아볼 필요가 있다.

이번 가을에는
어수선하기만 한 내 생각의 편린(片鱗)들을
좀 간추려보고

—「가을」 부분

묵혀진 쓸쓸함과 허전함이 어우러져
슬픔처럼 다가온다

—「익숙한 정」 부분

멀고 긴 인생길은
참 쓸쓸한 슬픈 여행.

—「슬픈 여행」 부분

시인은 자신의 현재와 살아온 삶을 어수선하고 쓸쓸하게 느낀다. 인생을 지나온 한때라고 자위하지만 그저 쓸쓸해지는 데는 어쩔 수 없다(「그저 내 인생의 지나간 한때였지만」)는 걸 느낀다. "'인생'

처럼 무상하고 허무한 것이 어디 있겠는가"(「쇠비름 꽃」)를 느낀 시인은 그 무상과 허무를 건너기 위해 그 무상과 쓸쓸함의 거친 바다를 건너 구원의 길을 찾는다. 다시 말하면 그는 현실이나 자의식을 쓸쓸하고 허무하다고 느껴 인연의 끈을 따라 또 다른 세계로 생각의 길을 나선다. 그는 그 길의 끝에 '법열'이나 '죽음 너머'의 세계가 있음을 안다.

법열의 경지에서나
무릇 일컬어지는 참 신앙 속에서만
쉼 없이 찰랑대는 마음의 잔물결이 잠잠해지며
번요를 잊고 제대로의 질서를 갖게 되는 걸까

아니면 죽음 너머에 존재할지도 모르는
또 다른 어떤 세상에서, 남다른 어떤 사람만이
심신이 아늑해지는 평안을 찾고
진정한 환희를 맛보게 되는 걸까

—「한계」 부분

"희열이 덧씌워지는 몰입 뒤의 성취를 맛보고 싶어"질 때면 법열이나 신앙의 세계, 혹은 '죽음 너머'를 생각한다. 알 수 없는 그런 곳에 '진정한 환희'가 있으리라 생각한다. 하지만 거기에서 맛보는 환희는 자신의 상상 너머의 세계, 곧 한 번도 인연이 없었던 곳이어서, "~걸까"라는 물음을 던진다. 그 영역은 자신의 인연 너머에 있기 때문이다. 시인은 여기 지금에서 떠올리는 법열이나 죽음 너머를 생각하지 못한다. 그래서 '한계'를 느낀다.

어쩔 수 없는 이런저런 한계들이

텀벅텀벅 내 안으로 들어온다
햇살이 늘어지며 마당에 널브러진다.

—「한계」 부분

그래서 시인은 "시치근한 맨날 맨날을 동댕이쳐버리고 싶어"지고 "희열이 덧씌워지는 몰입 뒤의 성취를 맛보고 싶어"져 자신의 인연 밖 생각으로 몰입해 들어가려다가 "어쩔 수 없는 이런저런 한계들"로 인해 "내 안으로 들어온다". 그, 내 안은 곧 발을 딛고 서 있는 땅과 지금이라는 한계의 영역이다. 하지만 그 한계 안에서도 눈에 들어오는 게 있다. 그것이 마당에 '널브러진' 햇살이다. 햇살의 발견은 그에게 현재 여기에서 건너갈 수 있는, 생각할 수 있는 인연 따라 현재를 넘을 수 있는 길이다. 그 너머를 시인은 어린 시절의 순수와 숲에 들기에서 찾는다.

3

먼저 그는 어린 시절의 순수, 순진에서 현재의 쓸쓸함과 허무를 벗어날 수 있는 길을 찾는다. 시인은 과거 어린아이였을 때 살았던 골목을 찾아간다. 그곳에서 그는 과거 자신의 순수나 순진을 찾아 "이 집 저 집 기웃"하기도 하고, "정갈한 어느 댁 마당을 들여다"(「봉원동 골목」)보지만 사람들 통행은 많고, 오토바이 소리에 어수선하여 그만두고 만다. 이는 그가 현재를 완전히 버리고 과거로 도망가기 위함이 아니라 그 시절의 순수를 현재에 끌고 와 쓸쓸함과 허무함을 극복하기 위한 생각의 길이다.

내 영혼에서 사라져버렸을
어린 시절의 순수함이나 순진함은
내게 다시 오지 않을 것인가
그것을 끝내 되찾을 수는 없는 것인가
순진을 말할 수 있는 때가
정말로 내게 있기는 했었을까

노년이 되면
다시 어린아이의 마음을 갖게 된다는데
과연 나도 그렇게 될 수 있을까
때 묻은 영혼의 더께가 사라져줄까

—「슬픈 시냇물」 부분

이제 나이가 들어 어린 시절의 순수나 순진을 되찾고 싶지만 그 시절로 돌아간다는 것은 불가능하다는 것을 인식하며 시인은 "노년이 되면/다시 어린아이의 마음을 갖게 된다는데"에 희망을 걸어보기도 한다. 이는 말할 것도 없이 "때 묻은 영혼의 더께"를 사라지게 하기 위함이다. 그래서 시인은 자신의 어린아이 때의 삽화를 끌어오거나 동네 아이들을 끌어오기도 하고 아이들 이야기에 솔깃해하면서 그 시절을 그리워한다.

동네 아이들이 놀다가 나를 알아보고
할아버지 – 하며 달려올 때

—「평화」 부분

열고 싶지 않은 서랍의 보물처럼
간직하고만 싶은 어린 시절이 있었지요

—「물방개가 그립습니다」 부분

부딪치며 뛰놀던 어린 시절
그 무지개 같은 날들을 자주 떠올리는 것은
—「쇠비름 꽃」 부분

위에서 보듯 박영욱 시인은 그리움의 시인이다. 시인이 아이들의 노는 모습을 보거나 자신의 어린 시절을 떠올리는 것은 그리움 때문이다. "문득, 어렸을 때 맛있게 먹었던 주스와 빵이 떠올랐다"(「오렌지 주스와 삼립빵」)고 한 것처럼 시인은 그리움에 젖는다. 그 그리움은 앞에서 언급한 순수와 순진을 찾아 본래의 자신을 찾기 위한 방편이다. 이는 찌들고 병들어 있는 현실에서 벗어나는 생각 속 구원이다. 그래서 시인은 현재의 어수선하고 병든 자기가 아니라 참된 자기를 되찾기 위해서 어린 시절을 꿈꾸고 그리워하며 동네 아이들의 모습을 보면서 환상을 갖는다. 그 시절은 "달콤하고 아늑"(「추억」)한 맛이 있다. 그 맛은 오렌지 주스나 삼립빵 같은 것이다. 극히 유년에서 맛볼 수 있는 감각이 샘솟는 사물들이다. 생각의 길 위에서 만난 인연을 따라 만난 유년의 세계는 그를 행복하게 한다.

다른 한편 숲에 들기, 혹은 숲 찾기는 하루만이라도 더 살고 싶어 하는 하루살이 같은 집착이나 어수선하고 때 묻은 현실의 나에게 활력을 찾아주기 위함에서 비롯한다. 어린아이 때를 그리워하고 어린아이의 순수함을 되찾고 싶어 하는 일이 자신의 내면의 깊이를 탐색하는 일이라면 숲 찾기는 자기 밖에서 활력을 충전하기 위함이다.

마구 엉킨 넝쿨장미 가지치기하듯
어수선한 사념의 가지들을 툭툭 쳐냈다

모처럼 벼르던 일을 하고 나니
몸이 아이처럼 가볍게 느껴졌다
이따금씩 일부러라도 숲에 들어와
'가지치기'를 해야겠다는 생각이 들었다

—「허전함은 남는다」 부분

시인이 숲에 드는 이유는 "마구 엉"킨, "어수선한 사념의 가지들을 툭툭 쳐"내기 위함이다. 사념의 가지치기는 살아오면서 때 묻고 어수선하게 엉킨 것들을 풀어내기 위함이다. 시인은 그 어수선하게 엉킨 사념들을 가지치기하면 어린아이의 순수함을 되찾을 수 있다고 본다. 그래서 "몸이 아이처럼 가볍게 느껴졌다"고 하여, "이따금씩 일부러라도 숲에 들어와/'가지치기'를 해야겠다는 생각이 들었다"고 표현한다. 숲은 나무나 바위, 하늘, 땅, 새나 벌레 등으로 나타나기도 한다. 그러므로 숲에 든다는 것은 자연에 드는 것, 자연 되기이다.

일몰 전의 태양이 이렇게 붉고 강렬할 수 있을까
잠깐의 경이(驚異)는
봉인된 내 육신을
사정없이 파헤쳐놓는다

—「전율(戰慄)」 부분

물컹거리는 짙은 산 내음
내 몸은 벌써부터 밀착되어
비길 데 없는 생의 충만감으로 채워진다

—「숲」 부분

때로는 자양(滋養)이 되어주기도 했던
우울로 뭉쳐진 생각들을
계곡물에 하나하나 뿌렸다

—「허전함은 남는다」 부분

젖혀져 스러졌던 산(山) 기운들이 꿈틀대며 요동친다
나는 각별한 마음으로 이 기운들을 맞이한다
생각과 감각들이 저절로 이 기운들에 순응되는 것 같다

—「햇살」 부분

샘물을 흠뻑 마신다
(…)

정신을 바로 차리게 되고
더위 탓에 흐트러지고 뒤바뀐 질서가
제 자리에 맞춰지는 것 같다

—「활력을 찾다」 부분

숲은 우쭐대며 들떠버린 마음의 파도를
진정시켜주기도 하고
무기력에 침몰되어 늘어진 어깨를 보면
푸근하게 맞이하여 마음의 정돈을 찾게 한다

(…)

아이들 그림책의 바둑이 형상을 한 바위가
나를 내려다보고 있다

—「숲을 찾는다」 부분

위 시 구절들에서 보면 화자는 숲에서 "생의 충만감"을 얻기 위해, "뭉쳐진 생각들"을 계곡물에 씻기 위해, 산의 기운에 순응하기 위해, 그리고 활력을 찾고 마음을 정돈하기 위해 숲에 든다. 그래서 때로는 환각으로라도 숲을 찾아들기도 한다(「환각의 숲」). 이렇게 화자가 숲에 집착하는 데에는 거기에 동화 같은 세계가 있기 때문이다. 「숲을 찾는다」에서 아이들 그림책 속으로 들어가 바위와 화자가 교감하는 시각은 동화적 세계관을 궁극적으로 지향한 데서 비롯한다. 이에 시 곳곳에 온기 있는 말들이 등장한다. 온기는 따뜻함이나 평화, 자유, 의좋게, 푸근하다, 충만하다, 살갑다, 애틋하다, 아련하다, 환희 등의 말들로 나타난다.

> 웃음엔 온기가 가득하다 (「온기」)
>
> 자주 들어도 금방 생각나게 하는 해맑은 소리다 (「도라지」)
>
> 마음이 따스해지면서/평화를 얻게 된다. (「평화」)
>
> 비길 데 없는 생의 충만감으로 채워진다 (「숲」)
>
> 가슴이 따뜻해진다 (「해 질 녘」)
>
> 친근한 어떤 대상이 곁에 있으면/푸근함이나 따뜻함을 쉽게 느끼게 되는 것 같다 (「바위와 사귀다」)
>
> 소중한 만큼 애틋했던 산국과의 시간들도 (「산국(山菊)」)
>
> 굵어지는 나무들에게 보내는/푸근한 찬사가 있고 (「숲에는」)

온기의 말들은 주로 아이들이나 숲, 자연과 마주하거나 함께 했을 때 상호 교감으로 나타나는 마음의 성질이다. 그 온기로 인해 마음은 평화와 자유를 느끼며, 화자가 동화적 세계 속으로 드는 걸 느낀다. 그 동화적 세계에서는 너와 내가 구별되지 않고, 자연과 인간이 변별되지 않는다. 화자는 동화 속에서처럼 자연과 하나가 되고 싶어 한다. 숲에 들고, 숲에서 세속의 때를 뺀다는 건 동화의 세계처럼 모두가 어울려 살 수 있는 세계를 꿈꾸기 때문이다. 숲에서 때를 씻어내고, 거친 마음속을 진정하면 나무나 바위처럼 될 수 있다는 생각이 화자에게는 있다. 그래서 태양의 속성을 몸에 품고 바위의 심성을 마음에 품음으로써 화자는 물아일체(物我一體)의 경지에 이른다.

언젠가는 동화 속 이야기처럼
맑은 시냇물로 옷을 지어 입고
흰 구름으로 집을 짓고 살고 싶었어요
앵두나무, 자두나무, 살구나무 등을
빙 돌라서 심어놓고요.

—「물방개가 그립습니다」 부분

자연과 내가 하나가 되면 동화 속 이야기처럼 현실 속 화자가 꿈의 세계로 진입하게 된다. 여기에서는 세속에서는 없는 따뜻한 온기가 있는 맑은 세계가 열린다. 그 세계는 그리움으로, 혹은 숲에 들면 이를 수 있는 세계이다. 그래서 화자는 그 세계를 추억하는 일을 "달콤하고 아늑한 것"(「추억」)이라고 한다.

또한 시에서 풍성하게 나타나는 말들이 색채어이다. 파랑, 연보라, 하양, 노랑, 붉음, 갈색, 등 주로 밝고 맑은 색채의 말들이 시 속에 풍성하게 나온다. 이 말들은 봄이나 가을, 그리고 꽃이나 나무, 하늘, 산, 바다, 호수 등 자연에서 발견한 색채어이다. 색채어들은 봄이나 가을 같은 계절적 속성을 지니기 때문이다. 물론 여름이나 겨울에도 색은 있다. 하지만 맑고 밝은 색채는 봄이나 가을의 시에서 많이 나타난다. 그만큼 여름이나 겨울의 색들도 보다 봄, 가을의 색채가 더 많이 보인다.

부지런히 껍질을 벗긴 하얀 도라지들이 키 맞춰 놓여 있다 (「도라지」)

갈색 구두도 잘 매만져 신었다 (「가을맞이」)

함초롬한 연보라색 조개나물 꽃들이/서로를 바라보며 속삭이고 있다. (「숲」)

삼 년을 기다린 끝에/하얀 날개 달게 되었지 (「하루살이」)

때죽나무 흰 꽃 속을 들락거린다 (「숲을 찾는다」)

풀잎마다 은 빛깔 이슬들이 구르고 (「가을」)

숲은 군건한 초록만 남겨지고/노랑과 붉음 속으로 자꾸 들어간다 (「익숙한 정」)

파란 하늘과 한빛을 이룬 강 (「침묵의 강」)

소나무 굵은 줄기에는 드문드문/하얀 균류(菌類) 같은 것이 자라나고 있었다 (「검은 나무」)

위 인용구절 외에도 색채어는 다수 나타난다. 봄, 가을의 색채는 주로 밝고 맑게 나타난다. 하지만 "검은 구름 속에 묻히지 않으면/태양은 그럴 수 있다"(「슬픔」), "새카맣게 탄 소나무들의 잔해"(「검은 나무」)에서처럼 죽음이나 슬픔의 색채도 있다. 이 색채들은 어둡거나 검다. 이런 색채어 외에도 소리를 나타내는 말들도 다양하게 나오는데, 이는 자연의 소리를 그대로 옮겨와 현실의 어수선함을 씻기 위함이다. "찌르륵 찌르륵" 우는 귀뚜라미 소리나 쓰르라미 소리, 저녁 바람 소리 등 다양한 소리들이 나타난다. 생각의 길 위에서 만나는 감각들이다.

화자는 숲에서 자신이 살아가고 있는 어두운 현실을 씻어내려고 한다. 그 씻음은 동화적 상상력을 통해 어린 시절의 추억과 만나고, 그 추억은 세월의 무상함이나 쓸쓸함, 고독을 씻어내준다. 하지만 시인은 절대로 그 속에 들어 살 수 없음을 안다. 숲에 갔으면 집으로 돌아와야 하고, 추억 속 어린 시절을 엿봤으면 현실로 돌아와야 한다는 걸 안다. 화자는 자신이 '여기-지금'에 살고 있음을 존재론적으로 인식한다. 추억을 더듬다 보면 오히려 "슬픔만 남"(「추억」)는다는 걸 알기 때문이며, 인생이란 결국에는 "되돌아올 수 없고/끝내는 해와 달마저도/단념해야만 하는"(「슬픈 여행」) 걸 알기 때문이다. "긴 여행에서 돌아온/나그네의 마음이 이럴 것 같다"(「해 질 녘」). '귀가(歸家)' 이미지가 나오는 것도 이 때문이다. "심신은 개운해지고, 산에서 내려와 집으로 향"(「활력을 찾다」)하기도 하지만, 인간으로서의 '한계'를 인식하기 때문에 세속의 집으로 돌아온다. 화자의 그와 같은 인간의 존재적 한계를 나타낸 시가 곧 앞에서 인용한 「한계」라는 시이다. "어쩔 수 없는 이런저런 한계들이/텀벅텀벅 내 안으로 들어온다". 생각의 길 위에서 인생의 쓴맛을 느끼다가 달콤함을 맛보다가 결국에는 집으로 돌아온다. 그 집은 '지금-여기'에 있다. 이는 때 묻은 현실을 정화하기 위해 어린 시절의 깊이와 숲의 넓이로 '생각'을 확장하여 갔으나 결국에는 집으로 돌아와야 하는 인간의 존재적 자의식이다. "어쩔 수 없는 이런저런 한계들이" 내 안으로 들어오는 것이다. 이는 숲에 가거나 아이 시절을 꿈꾼다 해도 결국에는 현실로 돌아와야 하는 운명적인 인간의 존재 인식이다.

4

박영욱 시인은 거창한 상상의 세계를 탐험한다거나 기괴한 환각으로 나아가지 않고 사소한 일상에서 느끼는 사념을 있는 그대로의 '생각'으로 표현한다. 그만큼 언어 또한 일상에서 흔히 쓰는 말들이다. 이는 그의 시가 발을 땅에 딛고 있는 일상에서 건져 올린 생각의 언어이기 때문이다. 그가 쓸쓸하고 우울한 현실에서 눈을 돌려 새로운 세계를 꿈꾸는 일도 마찬가지이다. 어린 시절을 추억하고 기억하는 일이나 가까운 뒷산이나 주변의 산에 드는 일도, 새나 벌레를 보며 느끼는 생각도 이런 일상에 발을 딛고 있는 데에서 벗어나지 않는다. 그저 '지금-여기'에서 왔다 갔다 할 수 있는 생각의 흐름을 그대로 적는다. 따라서 그의 시는 극히 일상적인 '생각'의 흐름이다. 여기에는 그만의 '생각'의 무늬가 적나라하다. 존재론적으로는 한 형태의 정적을 깨는 생각이다. 가장 평범한 것이 가장 위대한 것이라고 했던가. 가장 개인적인 것이 가장 대중적인 것이기도 하지 않는가.

# 정적이 깨지다

박영욱 시집